松江 鄭澈 詩選

한국의 한시 25

송강 정철 시선

허경진 옮김

평민사

송강 정철(1536~1593)의 문학과 풍류를 이해하려면, 한글로
된 송강가사뿐만이 아니라 11권 7책에 이르는 『송강선생문집』
을 꼭 보아야 한다. 그 가운데서도 한시는 가사 못지않게 일품
이다. 한시 속에 〈관동별곡〉도 있고, 〈사미인곡〉도 있으며, 또
한 〈장진주사〉도 있다.

그가 살던 시대에 임진왜란이 일어났고, 동서의 당파싸움도
또한 시작되었다. 그가 서인의 앞장에 서서 싸웠기 때문에, 그
의 정치행적에 대해서는 당파나 학자에 따라서 평가가 다를 수
있다. 정여립 모반사건이나 광해군 건저문제(建儲問題)만 보아
도, 그에 대한 평가는 양쪽이 아주 대립된다. 그렇지만 그가 즐
긴 시와 술 속에서는 이러한 인간관계가 하나로 다 녹아진다.

그의 일생과 문학은 몇 차례의 유배로 이어졌다. 큰누이가
인종의 귀인이었고 둘째 누이가 계림군의 부인이었기에 어려
서부터 궁중에 출입하며 같은 나이의 경원대군(명종)과 친하게
지냈지만, 그가 열 살 되던 해 을사사화에 계림군이 관련되자
그의 큰형은 유배 도중에 죽고, 어린 그도 아버지를 따라 관
북·정평·연일 등의 유배지를 따라다녔다.

27세에 장원급제하고 십여 년간 벼슬길에 올랐으나, 43세에
진도군수 이수의 뇌물사건으로 동인의 탄핵을 받아 고향으로
내려갔다. "강호(江湖)에 병이 깊어 죽림(竹林)에 누웠더
니……"로 시작되는 〈관동별곡〉 첫 구절처럼 대숲에 누워 있던

그가 다시 강원도 관찰사의 벼슬을 받고 "어와 성은(聖恩)이야 갈수록 망극하다"고 감격하며 다시 벼슬길로 달려나갔다. 56세 때에 광해군을 세자로 추천하다가 신성군을 책봉하려던 선조의 노여움을 사서 명천·진주·강계 등으로 유배 다녔다. 임진왜란이 일어나자 유배지에서 풀려나 피란길의 선조를 모셨지만, 결국 동인의 모함으로 벼슬을 사직하고 강화도 송정촌으로 내려가 머물다가 58세로 죽었다.

한 편 한 편이 모두 절창인 그의 한시와 가사가 모두 이처럼 파란만장한 그의 일생을 통하여 지어졌다.

그가 임진왜란의 와중에서 환갑도 못 지내고 죽었으니, 올해가 벌써 사백주기이다. 마침 그의 문학을 기리는 행사가 열렸다고 한다. 그의 시 가운데 일부를 가려 뽑은 이 시선이 그의 문학과 인생을 이해하는 데 조금이라도 도움이 된다면 다행이겠다. 이 책을 엮으면서 최태호 교수가 정리하고 송강유적보존회에서 간행한 국역 『송강집』에서 많은 도움을 받았다.

1993년 4월
허경진

차례

속집

별집

부록

원집

원집(原集)은 정철의 넷째 아들인 기암(畸菴)
정홍명(鄭弘溟)이 1619년에 유고들을 엮어서,
1633년 김제군수로 부임하여 목판본으로 처음 간행하였다.
원집 권1에는 시가 실렸고, 권2에는 잡저(雜著)·제문·
서(書)·소차(疏箚)가 실려 있다. 원집 끝에는
정철의 큰아들인 화곡(華谷) 정기명(鄭起溟)의 유고가
덧붙어 있고, 장유(張維)와 김상헌(金尙憲)의 발문이
실려 있다. 1674년에 청암 찰방으로 있던
정철의 현손 정치(鄭治)가 목판으로 중간본을 간행하였다.

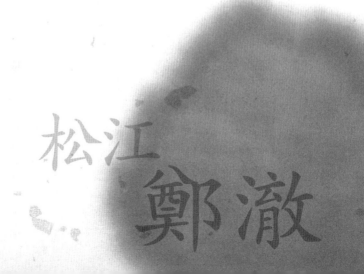

비오는 밤
秋日作

산 속의 빗줄기가
밤새 대숲을 울리고,
풀벌레는 가을이라
침상 가까이 다가오네.
흘러가는 저 세월을
어찌 머물게 할 수 있으랴.
흰머리만 길어지는 걸
막을 수가 없어라.

山雨夜鳴竹,　　草**虫**秋近床.
流年那可駐,　　白髮不禁長.

평호당에서
平湖堂 二首

1

우주 사이에 쇠잔한 인생이 남아 있어
강호로 떠다니며 흰머리만 많아졌네.
밝은 시대라서 통곡도 하지 못하고
술에 취한 뒤에 길게 노래나 부르네.

宇宙殘生在,　　江湖白髮多.
明時休痛哭,　　醉後一長歌.

2

먼 산자락이 개었다 흐렸다 하니
고기잡이 마을도 있다 없다 하네.
외로운 배와 한 조각 달만이
만리 평호(平湖)를 비추네.

遠岫頻晴雨,　　漁村乍有無.
孤舟一片月,　　萬里照平湖.

■
＊평호는 평안도 안주목 서쪽 50리 되는 곳에 있다.

14

척금헌에서
滌襟軒雜詠 三首

1. 관악산의 개인 구름
누가 언제나 한가로울까.
뜬 구름도 또한 일이 많아라.
먼 물가로 날아 올랐다가
긴 하늘 속에서 사라져버리네.

1. 冠嶽晴雲
何物得長閒,　　浮雲亦多事.
飛揚遠水邊,　　起滅長空裏.

2. 평교 목동의 피리소리
인간에는 시비가 많은데다
세상에는 걱정과 기쁨도 많아라.
소 잔등에 앉아 피리 부는 사람을 보니
매이지 않고 노니는 사람은 나와 너뿐일세.

2. 平郊牧笛
人間足是非,　　世上多憂喜.
牛背笛聲人,　　天遊吾與爾.

3. 앞 강의 고기잡이 노래

여뀌꽃 핀 물굽이에서 노래소리가 들리며
갯마을 아이들이 고기 잡을 가리를 손질하네.
묻혀 살던 사람이 막 잠에서 깨자
돌아오는 배를 따라 달마저 지네.

3. 前江漁唱

歌起 蓼花灣,　　江童理漁罩.
幽人初罷眠,　　落月隨歸棹.

서하당에서
棲霞堂雜詠 四首

1. 솔창
지친 나그네가 잠을 설치고는
한밤에 혼자 창가에 기대었네.
끝없이 쏟아진 만 골짝 빗물이
십리 앞 강가를 지나가네.

1. 松窓
倦客初驚睡,   中宵獨倚窓.
無端萬壑雨,   十里度前江.

2. 책꽂이
신선 사는 집이라서 청옥 책상이 있고
책상 위에는 〈백운편〉이 있네.
손 씻고 향 피우며 글을 읽으니
솔 그늘에다 대 그림자까지 어울렸네.

2. 書架
仙家靑玉案,   案上白雲篇.
盥手焚香讀,   松陰竹影前.

3. 금헌

그대에게 한 장 거문고가 있어
소리가 드문 대음(大音)일세.
대음은 알아듣는 사람이[1] 적어
흰구름 깊은 곳에서나 한다네.

3. 琴軒

君有一張琴.　　聲希是大音.
大音知者少,　　彈向白雲深.

＊서하당은 김성원(金成遠, 1525~1597)이 전라도 창평 성산에다 지은 정자이
다. 김인후와 임억령에게서 글을 배웠는데, 1558년 사마시에 합격한 뒤로
는 과거에 응시하지 않고, 서하당에서 이이·정철·기대승·고경명 등과
어울렸다. 정철을 비롯한 호남의 시인들이 서하당에서 지은 시가 많다.
1. 백아(佰牙)가 거문고를 타는데 높은 산에 뜻이 있으면, 종자기(鍾子期)가
듣고서 "태산과 같이 높구나"라고 말하였다. 흐르는 물에 뜻이 있으면, 종
자기가 듣고서 "강물처럼 넓구나"라고 말하였다. 백아가 생각한 것을 종자
기가 반드시 알아 맞췄다.

4. 약초밭

낳고 또 낳는 조물주의 뜻을
봄 하늘 비 지나간 뒤에 보네.
예부터 도골이 따로 있으니
반드시 양생법 책이 필요한 건 아니라네.

4. 藥圃

造化生生意,　　春天一雨餘.
從來有道骨,　　不必養生書.

종자기가 죽자, "지음(知音)이 없다"면서 백아가 거문고의 줄을 끊었
다. ―『열자』「탕문(湯問)」편

'소리를 알아주는 사람'이란 뜻에서 발전하여 '시를 알아주는 사람'
또는 '속마음을 알아주는 친구'라는 뜻으로도 쓰인다.

식영정에서
息影亭雜詠 十首

2. 물고기를 보며

물고기의 즐거움을 알고 싶어서
아침 내내 돌여울을 내려다보았네.
사람들은 나더러 한가하다고 부러워하지만
그래도 고기만큼 한가롭지는 못해라.

2. 水檻觀魚

欲識魚之樂,　　終朝俯石灘.
吾聞人盡羨,　　猶不及魚閒.

■
*식영정도 김성원이 지은 정자인데, 스승 임억령을 위하여 1560년에 지었
다. 전라남도 담양군 남면 지곡리 성산에 남아 있는데, 정철이 이 정자의
정취와 주변 경치를 즐기며 〈성산별곡〉을 지었다고 한다. 정철이 김성원과
함께 노닐던 여러 유적지들이 있었지만, 지금은 광주호가 준공되면서 거의
물 속에 잠겨버렸다. 식영정은 전라남도 기념물 제1호로 보존되고 있다.

번곡을 서하당 벽오동나무에 쓰다
飜曲題霞堂碧梧

다락 밖에다 벽오동나무를 심었건만
봉황새는 어찌 오지 않는가.
무심한 한 조각 달만
한밤중 혼자서 서성거리네.

樓外碧梧樹,　　鳳兮何不來.
無心一片月,　　中夜獨徘徊.

송강정사에 머물러 자면서
宿松江亭舍 三首

1.

삼십 년을 이름만 빌려줬으니
주인도 아니고 손님도 또한 아닐세.
띠풀을 베어 지붕이나 겨우 덮고는
또 다시 북쪽으로 가는 사람일세.

借名三十載,　　　非主亦非賓.
茅茨纔盖屋,　　　復作北歸人.

3.

밝은 달은 빈 뜨락에 있는데
주인은 어디로 떠나갔나.
낙엽이 사립문을 가린 속에서
바람과 소나무가 밤 깊도록 이야기하네.

明月在空庭,　　　主人何處去.
落葉掩柴門,　　　風松夜深語.

절구
絶句

산 넘고 바다 건너 소식도 없는데
풍진세상에는 시비가 있네.
일생을 길이 나그네가 되려고
만사를 모른 채 홀로 문을 닫아 걸었네.

嶺海無消息,　　風塵有是非.
一生長作客,　　萬事獨關扉.

달밤
月夜

구름 따라서 고개를 넘고 또 넘어
달을 벗삼아 빈 집에서 잠을 자네.
새벽에 일어나 배를 풀러 떠나노라니
베옷에 맑은 이슬이 젖어 있네.

隨雲度重嶺,　　伴月宿虛簷.
晨起解舟去,　　麻衣淸露霑.

산 속 스님의 시축에다
題山僧軸

일력을 스님이 어찌 알랴
메꽃을 보면서 네 철을 기억하네.
때때로 푸른 구름 속에 앉아서
오동나무 잎에다 시를 쓰네.

曆日僧何識,　　山花記四時.
時於碧雲裏,　　桐葉坐題詩.

대접에서 최기를 만나다
大岾逢崔希稷棄 二首

1.

산마을에 술이 막 익자
천리 밖에서 벗님이 찾아왔네.
한 치 마음 속을 미처 다 말하지 못했는데
뜨락 나무에 저녁 노을이 재촉하네.

山村酒初熟,　　千里故人來.
寸心論未盡,　　庭樹夕陽催.

2.

병이 오래 되면서 사귀어 놀던 것도 그만두고
사립문에는 눈보라가 몰아치건만,
산사람 집에 좋은 일이 있어
세밑이라고 항아리에는 술이 가득 찼네.

久病交遊廢,　　柴門風雪撞.
山家有勝事,　　歲晚酒盈缸.

성로에게 지어주다
贈成重任輅

좋은 날이라서 지팡이 끌고 나왔지
술집을 찾자는 거는 아니었네.
우연히 서로 묻고 답하다 보니
살구꽃 한창 피는 철일세그려.

勝日携節出,　　非關問酒旗.
偶然閒問答,　　多事杏花時.

* 성로(1550~1615)의 자는 중임이고, 호는 석전(石田) 또는 삼일당(三一堂)이다. 1570년에 진사시에 합격하고 성균관에서 공부하였지만, 스승 정철이 자주 귀양가는데다 동문인 권필마저 억울하게 죽는 것을 보고는 세상과 인연을 끊었다. 한때는 시고(詩藁)마저 불태워버렸다. 늘그막까지 시와 술로 세월을 보냈다.

강가 정자에서 술을 대하며

江亭對酒次柳郎中拱辰韻

원기를 고르는 데는 비록 치졸한 솜씨지만
술잔만 잡으면 바로 진인이 되네.
지금도 부귀가 아직 있으니
강가의 만 그루 버드나무의 봄일세.

調元雖拙手,　　　把酒卽眞人.
富貴今猶在,　　　江天萬柳春.

기생과 헤어지는 이기남에게
戱李都事期男別妓

헤어진 뒤의 길이 겹겹으로 가로막혀
시름으로 애가 타서 마디마디 재가 되었네.
푸른 산 속으로 사람은 혼자 가는데
저문 숲으로 새는 짝 지어 돌아오네.

別路重重隔,　　　愁腸寸寸灰.
靑山人獨去,　　　暝樹鳥雙廻.

청원에서 귀양살이를 하며

淸源棘裏 淸源, 江界別號.

세상에 살면서도 세상을 알지 못하고
하늘을 업고도 하늘 보기가 어려워라.
내 마음을 알아주는 것은 오직 흰머리라서
나를 따라 또 한 해를 지난다네.

居世不知世,   戴天難見天.
知心惟白髮,   隨我又經年.

■
＊청원은 강계(江界)의 또 다른 이름이다. (원주)

의주목사에게 지어주다
贈義州牧

그대가 오는지 가는지도 알지 못하고
혼자서 끝없이 취했다가는 깨었네.
비온 뒤라서 강물이 불었을 테니
오늘도 다시 정자에나 오르세.

不省公來去,　　無端自醉醒.
雨餘江水漲,　　今日更登亭.

감회를 쓰다
書感

거울 속엔 올해 들어 흰머리만 많아지고
꿈 혼은 밤마다 고향으로 돌아가네.
강마을엔 오월이라고 꾀꼬리 소리 들리더니
천 그루 팥배나무에 꽃들이 다 졌네.

鏡裏今年白髮多.　　夢魂無夜不歸家.
江城五月聽鶯語,　　落盡棠梨千樹花.

함흥 객관에서 국화를 대하다
咸興客館對菊

가을이 지나간 변방에서
기러기가 슬피우니,
돌아가고픈 생각이 나서
다시 망향대에 올랐네.
어느새 시월이 되어
함산에 국화꽃이 피었으니,
중양절이라서 핀 게 아니라
나그넬 위해서 피었으리라.

秋盡關河候雁哀.　　思歸且上望鄉臺.
慇懃十月咸山菊,　　不爲重陽爲客開.

■
＊(정철이 함흥에서) 또 일찍이 단가(短歌) 하나를 지었는데, 오래지 않아
　서 명종 임금이 세상을 떠났으니, 이 또한 시참(詩讖)이라고 하겠다. 나
　중에 송강이 지방을 돌아다니다가 길주(吉州)에 이르렀는데, 한 늙은
　기생이 그 노래를 부르므로, 그는 술이 취한 뒤에 절구 하나를 지었다.

스무 해 전에 지었던
함산의 노래가
어느 해에 이처럼
기생들 자리에까지 떨어졌는가?
홀로 남은 신하는 아직 죽지 못하고
하늘가에서 눈물만 흘리네.
계신 곳 강릉을 향하여
새벽 바람이나 쐬어 드리리라.

二十年前塞下曲,　　何年落此妓林中.
孤臣未死天涯淚,　　欲向康陵灑曉風.
　　— 이가원『옥류산장시화』

하당 어른과 풀 덮인 물가를 거닐다가
서하당으로 돌아와 잔을 들며
與霞堂丈步屧芳草洲還于霞堂小酌

풀 덮인 물가를 거닐다가 지쳐 돌아와
꽃 그림자 속에서 다시 술잔을 건네네.
해마다 남쪽 북쪽에서 서로 그리던 꿈이
몇 번이나 송대(松臺)에 한밤중 찾아왔던가.

散策芳洲倦却廻.　　殘花影裏更傳杯.
年年南北相思夢,　　幾度松臺夜半來.

■
＊하당 어른은 서하당 주인인 김성원을 가리킨다.

이웃의 벗들이 서하당에 모인다는 말을 듣고서 시부터 먼저 부치다
聞隣友會棲霞堂以詩先寄

여러 신선들이 소매를 나란히 하고 신선의 집을 찾아가니
푸른 복사꽃은 활짝 피고 산비도 지나갔겠지.
좋은 일도 나에겐 이미 인연이 없으니
흰머리를 돌리면서 내 마음이 어떠했으랴.

羣仙聯袂訪仙居.　　花發碧桃山雨餘.
勝事於吾已無分,　　白頭回處意何如.

학상 스님의 시권에 쓰다
題學祥詩卷

스님이 스무 해를 향산에 머물면서
약화로 불경책에 밤을 지새웠건만,
인간 세상에 무슨 일을 아직도 마치지 못해
이따금 사미를 보내 글자를 전하시는가.

師住香山二十年.　　藥爐經卷五更天.
人間何事有難了,　　時遺沙彌一字傳.

대접의 술자리에서 시운을 부르다
大岾酒席呼韻

한 가락 긴 노래로 고운 님을 그려보니
이 몸이 늙었지만 마음만은 새로워라.
이듬해 창 앞 나무에 매화꽃이 피게 되면
강남의 첫봄 소식을 꺾어서 부치리라.

一曲長歌思美人.　　此身雖老此心新.
明年梅發窓前樹,　　折寄江南第一春.

시산 객관에서
詩山客舘

재주 없어 태평성대에 보탬도 못 되고
늙어가는 정회를 술만이 알아주네.
시산 가는 나그네길에 초승달이 올라오니
황혼에 다시금 고운 님과 기약하네.

不才無補聖明時.　　老去情懷酒獨知.
客路詩山纖月上,　　黃昏更與美人期.

서하옹의 시에 차운하다
次霞翁韻

숨어 살던 사람이 봄날이라고 갑자기 흥겨워
저녁노을 시냇가 다리를 건너가네.
나무마다 꽃향내 아지랑이 저무는 봄날
들마을 막걸리 두세 잔을 걸쳤네.

幽人忽起尋春興,　　川上夕陽經短橋.
萬樹芳菲烟景暮,　　野村新酒兩三瓢.

이몽뢰의 집에서 매화를 보다
李夢賚家看梅

병든 뒤에 죽다 남아 뼈대가 드러났는데
봄이 오니 매화도 반쪽만 다시 피었네.
초췌한 느낌은 저나 나나 한가지라
황혼에 두세 잔을 서로 건네네.

病後尙餘垂死骨,　　春來還有半邊梅.
氣味一般憔悴甚,　　黃昏相値兩三杯.

운수현 대숲 속에서 늙은 매화를 보고
雲水縣亂竹叢中見有古梅一樹

한 그루 매화나무에 가지가 반이나 없건만
눈 덮힌 달밤의 자태와 아주 비슷해라.
제 자리가 아닌 곳에 서 있다고 말하지 마소
노형의 심사는 차군이[1] 알아준다오.

梅花一樹半無枝.　　標格依然雪月時.
休道託根非處所.　　老兄心事此君知.

■
1. 노형은 매화를 말하고, 차군은 대나무를 가리킨다. 대나무를 좋아하던 왕
　휘지나 소동파가 모두 대나무를 차군(此君 : 이 친구)이라고 불렀는데, 이
　와 어울리게 늙은 매화를 노형이라고 부른 것이다.

산양 객사에서
山陽客舍

내 몸이 늙은 말과 같아 길 가기에 지치다보니
이 땅에다 대장간이나 차려 숨어 살고 싶어라.
삼만 육천 일 가운데 몇 날이나 남았나
동쪽집 막걸리나 시켜다 마셔야겠네.

身如老馬倦征途.   此地還思隱鍛爐.
三萬六千餘幾日,   東家濁酒可長呼.

벗의 죽음을 슬퍼하며
挽友

사람들은 이승이 저승보다 낫다지만
나는야 저승이 이승보다도 나아라.
왼손으로는 율곡을 붙잡고 오른손으로는 군망을 잡아
한밤중 솔바람 맞으며 푸른 산에 눕고파라.

人說人間勝地下,　　我言地下勝人間.
左携栗谷右君望,　　半夜松風臥碧山.

배 안에서 손님에게 사례하며
舟中謝客

나는 성우계도 민지평도 아닌 미치광이라
반백 년 인생살이를 술에 취해 이름 얻었네.
처음 보는 사람에게 내 평생을 말하려니
청산이 꾸짖고 갈매기가 놀라네.

我非成閔卽狂生.　牛百人間醉得名.
欲向新知說平素,　靑山送罵白鷗驚.

*선조(先朝 : 정철)께서 하루는 임진강을 건너는데, 두 나그네가 먼저 저
쪽 언덕에 가 있었다. 배가 언덕에 이르자 두 나그네가 앞으로 나아와
서로 읍하고 각기 이름을 통한 뒤에 이어 말하였다. "저희들이 이쪽에
서 어르신의 풍채가 남다른 것을 보고는 서로 말하기를 '성우계(成牛溪
: 성혼)인가' '민지평(閔持平)인가' 하였습니다. 배가 도착하고 서로
대면한 뒤에야 비로소 저희들이 착각했다는 것을 알았습니다." 그래서
곧 이 절구를 지어 그들에게 사례하였다. — 장암(丈巖)이 기록하였다.

학선의 시축에 쓰다
題學禪詩軸 二首

2.
소매 속에 바다의 시가 들어 있더니
서로 만난 오늘에는 흰 구름의 글일세.
부상에서[1] 머릴 감자던 몇 년 동안의 계획은
한 잎의 조각배가 떠가는 대로 맡겨 두었네.

袖裏依然海上詩,　　相逢今日白雲詞.
年來濯髮扶桑計,　　一葉扁舟任所之.

길에서 거지를 만나다
道逢丐者

지아비는 피리를 불고
지어미는 애를 업고 노래 부르네.
남의 집 문을 두드리다가
꾸지람을 듣는구나.
소를 묻던 옛일이¹ 생각나서
지금 묻지는 못하지만,
길 가면서 견딜 수 없어
수건 가득 눈물 적시네.

夫篴婦歌兒在背,　　叩人門戶被人嗔.
昔有問牛今不問,　　不堪行路一沾巾.

■
*1. 한(漢)나라 정승 병길(丙吉)이 죽거나 다친 사람들이 길에 가득 널린
　　것을 보고도 그 이유를 묻지 않았다. 그러다가 어느 사람이 소를 몰고
　　가는데 그 소가 혀를 빼물고 헐떡이는 모습을 보고는 "그 소를 몇 리나
　　몰고 왔느냐?" 하고 물었다. ―『한서』〈병길전〉

아무런 제목도 없이
無題

유령은 왜 취했고[1]
굴원은 왜 깼는가[2]
두 늙은이의 세상살이를
쉽게 평할 수 없어라.
사람이 가버린 지금까지도
많이들 말을 하니,
세상에서 오직 술꾼만이
이름을 남겼다네.

■

1. 유령(劉伶)은 (진나라) 패국(沛國) 사람이다. …… 처음부터 집안에 재산이
있는지 없는지 마음 쓰지 않았다. 언제나 녹거(鹿車)를 타고 술 한 병을 가
지고 다녔는데, 사람을 시켜 삽을 메고 따라오게 하면서
"내가 죽으면 그 자리에다 묻어달라"라고 말하였다. 자기 몸뚱이를 버림이
이와 같았다. 그가 언젠가 매우 목말라서 아내에게 술을 달라고 하였다. 그
랬더니 아내가 술을 내버리고 술잔을 깨뜨리면서, 눈물을 흘리며 호소했
다.
"당신은 술을 너무 지나치게 마시니, 몸을 보살피는 도리가 아닙니다. 반
드시 끊으셔야만 합니다."
그랬더니 유령이 이렇게 말했다.
"좋지. 그런데 내 힘으로는 혼자 끊을 수가 없으니, 귀신에게 빌면서 스스
로 맹세하는 수밖에 없네. 곧 술과 고기를 마련해주게."
아내가 그 말대로 했더니, 유령이 무릎을 꿇고서 빌었다.

劉何沉醉屈何醒.　　二老行藏未易評.
人去至今多說話,　　世間惟有飮留名.

"하늘이 유령을 내시면서, 술로써 이름을 지었습니다. 한 번에 한 섬을 마시고, 해장술로 다섯 말을 마십니다. 아녀자의 말은 삼가 들을 수가 없습니다" 그리고는 곧 술잔을 끌어오고 고기를 가져다가, 다시 크게 취하였다.
　　―『진서』(晉書) 권49 〈유령〉
2. 온 세상이 모두 흐린데
　　나 혼자만 맑고,
　　여러 사람들이 모두 취했는데
　　나 혼자만 깨었네.
　　그래서 쫓겨났다네.
　　―굴원 〈어부사(漁夫辭)〉

율곡과 헤어지며 지어주다
贈別栗谷

임의 뜻은 산과 같아서
끝내 움직이지 않는데,
내 가는 길도 물과 같으니
어느 때에나 돌아오려나.
물 같고 산 같은 게
모두 다 운명인지,
가을날 흰머리로
생각하기 어려워라.

君意似山終不動,　　我行如水幾時廻.
如水似山皆是命,　　白頭秋日思難裁.

■
＊이때 율곡과 더불어 정사를 의논하였는데, 끝내 마무리짓지 못하고 이 시
　를 지었다. (원주)

새해에 빌다
新年祝 五首

1.

새해에 비나이다. 새해에 비나이다.

새해에는 개 같은 왜놈들을 다 쓸어내고

임의 수레 국경에서 돌아오시어

거듭 빛나는 황도의 해를 우러러 보사이다.

新年祝新年祝,　　　所祝新年掃犬羊.

坐使鑾輿廻塞上,　　仰瞻黃道日重光.

2.

새해에 비나이다. 새해에 비나이다.

새해 들어서는 조정이 맑아져

동인이니 서인이니 남인이니 북인이니 다 쓸어내고

한 마음으로 힘을 모아 태평성대를 이루어지이다.

新年祝新年祝,　　　所祝新年朝著淸.

痛掃東西南北說,　　一心寅協做昇平.

3.

새해에 비나이다. 새해에 비나이다.

새해 들어서는 곡식이 풍성해져

초가집에선 백성들 근심 걱정이 없어지고

대궐에선 다시금 즐거운 풍악을 듣게 하사이다.

新年祝新年祝,　　所祝新年年穀豊.

白屋更無民戚戚,　　丹墀再聽樂彤彤.

4.

새해에 비나이다. 새해에 비나이다.

새해 들어서는 난리가 평정되고

호해(湖海)의 늙은 신하 고향으로 돌아가서

눈 속에 핀 매화꽃을 누워서 보게 하사이다.

新年祝新年祝,　　所祝新年邦亂平.

湖海老臣歸故里,　　是非榮辱莫周旋.

강마을에서 취한 뒤에 짓다
江村醉後戲作

오늘 선생이 술에 취해서
날 저문 물가로 미친 듯이 달려들었네.
바다에 떠서 가려던 뜻과[1] 같으니
상수에 빠진 사람에겐[2] 견주지 말게나.
아내는 울면서 옷을 끌어당기고
사공은 노에 기대어 꾸지람하네.
유연히 휘파람을 길게 내부니
만리 푸른 하늘에 그 소리 떨치네.

此日先生醉,　　狂奔暮水濱.
應同浮海志,　　不比赴湘人.
箒妾攀衣泣,　　篙師倚棹嗔.
悠然發長嘯,　　萬里振蒼旻.

■
1. 공자가 말하길 "도(道)가 행해지지 않으면, 뗏목을 타고 바다에 떠서 가겠다"라고 하였다.
2. 초나라 시인 굴원이 임금으로부터 버림받자, 나라를 걱정하고 자신의 신세를 슬퍼하다가 소상강 멱라수에 스스로 빠져 죽었다.

수옹의 시에 차운하다
次壽翁韻

세상 일을 어찌 다 말하랴
타향에서도 또한 머물러 살 수 있다네.
주렴을 걷고 달빛을 보다가
베개를 베고 시냇물 소리도 듣는다네.
병든 눈에는 어슴프레 안개가 끼고
서리 물든 머리는 하나하나 가을이 되었네.
돌아가고픈 마음은 저 물결을 따라
날마다 한강 머리를 향해 간다네.

世事那堪說,　　他鄉亦可留.
捲簾看月色,　　倚枕聽溪流.
病眼濛濛霧,　　霜毛箇箇秋.
歸心逐波浪,　　日向漢江頭.

서산에서 부질없이 짓다
西山漫成

밝은 시절이라 정승감이라고 자부했건만
늘그막에 숯이나 파는 늙은이가 되었네.
진퇴(進退)는 때가 있고 운명이 있는 걸 알건만
시비는 일정치 않아 참으로 끝이 없네.
고질병에 삼 년 묵은 쑥을 갖추지 못하고
떠돌며 살다 보니 열 마지기 집도 마련하기 어려워라.
오직 늙어가면서 잘하는 일이 있으니
백잔 술 기울이면 온갖 근심이 없어진다네.

明時自許調元手,　　晚歲還爲賣炭翁.
進退有時知有命,　　是非無適定無窮.
膏盲未備三年艾,　　飄泊難營十畝宮.
惟是老來能事在,　　百杯傾盡百憂空.

오음이 보여준 시에 차운하다
次梧陰示韻 二首

2.

오십륙 년 벗들이 그릇되어 가니
장안 거리에 오랜 벗이 드물어라.
벼슬아치가 편지 보내면 손부터 먼저 내젓지만
술꾼이 통성명하면 옷 거꾸로 입고 달려나가네.
뜨락의 푸른 풀을 누구와 함께 밟아보려나
등잔불 그림자나 서로 의지한다네.
봄이 오니 새 소리 듣기가 싫지는 않지만
두견이 울고 돌아가자 또 부를까 걱정일세.

五十六年知己非.　　長安陌上故人稀.
淸官寄信先揮手,　　酒客通名欲倒衣.
小院草靑誰共踏,　　短檠燈影許相依.
春來不厭聞禽語.　　只恐啼鵑又喚歸.

■
＊오음은 윤두수(尹斗壽, 1533~1601)의 호이다. 퇴계의 제자이지만 정철과
　가깝게 지냈으며, 임진왜란 때에 좌의정까지 올라 평양성을 지켰다. 정유
　재란 때에는 영의정에까지 올랐다. 평소에는 온화하고 화평하였지만, 큰일
　을 당하면 바른 말을 서슴지 않았다.

소암의 죽음을 슬퍼하며
挽笑菴

소암(笑菴)이라 호를 짓고는 무슨 일을 웃었던가
떠도는 인생이 우습구나 어찌 그리도 초초했는지.
위태로운 세상길을 머리 돌려 다시 웃으니
웃음이 쉴 새 없어 머리까지 다 희어졌네.
머리가 다 희어지고 눈마저 마르더니
죽을 병이 들어서 편작(扁鵲)마저 달아났네.
아득한 하늘의 뜻을 물어볼 수도 없으니
덕(德)은 많이 주고도 목숨은 도리어 아꼈어라.
구성의[1] 서쪽 머리 소나무는 울창한데
그대의 혼이여 그곳 찾아 돌아가는가.
그대여, 아직도 웃는가.
천지 만사가 하나같이 길이 끝났으니
산 자의 슬픔을 죽은 자는 모르리라.

笑以名菴笑何事,　　笑殺浮生何草草.
回頭更笑世道危,　　一笑不休頭盡皓.
頭盡皓眼亦枯,　　二竪忽乘扁鵲走.
茫茫天意不可問,　　旣豊以德還嗇壽.
駒城西頭松檜蒼,　　魂兮於此歸徘徊.
笑矣乎天地萬事一長休,　　死者不知生者哀.

■
1. 경기도 용인의 옛이름이다.

태산수의 죽음을 슬퍼하며
哀泰山守

태산수가 나이는 젊어도 마음은 노숙해
나와는 나이를 따지지 않고 벗으로 사귀었지.
동쪽 서쪽 마을에 살며 술 한 병 차고서
부르기를 기다리지 않고 흥겨우면 찾아갔었지.
만나면 내 몸을 잊고 마음껏 놀았으니
세상 사람들은 미쳤다지만 나는 참이라 일렀네.
밤 늦도록 거문고를 타다가 첩이 술잔을 올리니
거꾸로 두건 쓰던 기억이 마치 어제 같아라.
떠도는 인생이 참으로 꿈 같으니
헌칠하던 그 모습이 소나무 아래 티끌 되었네.

泰山守年少心則老,　　與我結爲忘年交.
東隣西社一壺酒.　　　以興而隨不待招.
陶然隨處外形骸,　　　世人謂狂吾謂眞.
鳴琴半夜妾傳觴,　　　倒着接䍦如隔晨.
已矣乎浮生眞夢幻,　　鬱屈靑霞松下塵.

이미 술을 끊고서
已斷酒

그대에게 묻노니, 왜 술을 끊었던가.
술 가운데 오묘한 즐거움 있다지만 나는 모르겠네.
병진년에서 신사년에 이르도록[1]
아침마다 저녁마다 술잔을 들었지만,
이제껏 마음 속의 성을 깨뜨리지 못했으니
술 가운데 있다는 오묘한 즐거움을 나는 모르겠네.

問君何以已斷酒,　　酒中有妙吾不知.
自丙辰年至辛巳,　　朝朝暮暮金屈卮.
至今未下心中城,　　酒中有妙吾不知.

■

1. 병진년은 정철이 21세 되던 1556년인데, 이 해에 율곡을 만나서 사귀기
   시작하였다. 신사년은 정철이 46세 되던 1581년인데, 동인과 서인의 싸
   움이 깊어져 벼슬을 내어놓고 남쪽 시골로 돌아갔었다. 이 해 12월에
   특명으로 전라도 관찰사에 제수되었다.

속집

속집(續集)은 『송강집』에 빠진 글들을
지호(芝湖) 이선(李選)이 모아서
1677년경에 엮어 필사본을 만들었다.
우암(尤菴) 송시열(宋時烈)이 발문을 지으면서 그 과정을
설명하였는데, 손바닥만한 옛 편지들에서 보고 들은
글들을 모은 것이라고 한다.
권1은 시이고, 권2는 잡저·소(疏)·계(啓)·제문·서(書)이다.
나중에 별집과 함께 묶어져서
후손 정운학(鄭雲鶴)이 1894년 창평에서 목판으로
삼간본(三刊本)을 간행하였다.

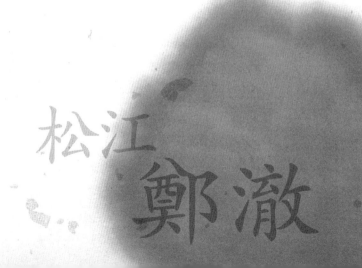

나그네 밤길에서 헤어지는 게 아쉬워
客夜惜別 二首

1.
한 잔 술을 즐기는 게 아니라
헤어지는 정이 서글프다네.
내일 아침 그대를 보낸 뒤에는
비바람만 외로운 성에 가득할 테지.

不是眈杯酒,　　應緣愴別情.
明朝送君後,　　風雨滿孤城.

2.
외로운 등불에선 불꽃이 떨어지고
이지러진 달은 맑은 빛을 보내주네.
술잔을 들자 다시금 서글퍼라.
정을 따지자면 어느 게 길고 짧을런지.

孤燈落寒燼,　　缺月送清光.
把酒復怊悵,　　論情誰短長.

길을 가면서
途中

길을 가는 게 어찌 괴롭지 않으랴.
헤어지는 게 참으로 어려워라.
다행히도 마음 맞는 사람과 길벗이 되니
시름에 찬 얼굴이 조금 풀리네.

行役豈非苦,　　別離良亦難.
同心幸同伴,　　聊以解愁顏.

옛 친구 윤경희에게
奉贈君會舊契尹景禧 三首

1.

아이들 말로는 쌍계동이란 데가
고운 최치원이 숨어 살던 곳이라네.
이름이 같은 곳에다 우연히 집을 지었으니
나도 이 산에서 늙고 싶어라.

兒說雙溪洞,　　　孤雲隱不還.
築居名偶似,　　　吾欲老玆山.

3.

먼 데 사람이 언제나 병을 안고 살다보니
신선의 기약이 아득하기만 해라.
밤이 깊어가며 돌방은 고요한데
그윽한 감회를 맑은 종소리만이 알아주네.

遠人長抱病,　　　仙子杳難期.
遙夜石房靜,　　　幽懷淸磬知.

관찰사께서 찾아오셔
謝使相公見訪 三首

2.
사립문을 찾아드는 손님이 있으니
천상에서 귀양온 신선이시네.
시장이 멀어서 여러 가지 반찬은 없지만
아이를 시켜서 차를 다리게 했네.

柴門幸有客,　　天上謫來仙.
市遠無兼味,　　敎兒煮玉涎.

술을 끊고 손님에게 사례하다
止酒謝客

늙은 두보가 새로 술을 끊던 날
가깝던 벗이 술을 싣고 찾아오셨네.
기쁘던 마음은 가는 곳마다 줄어들고
장하던 뜻도 해가 갈수록 시들어가네.

老杜新停日,　　親朋載酒時.
懽情隨處減,　　壯志逐年衰.

제자들과 헤어지면서
贈別門生

여러 군자들이여 잘 있게나.
시와 서는 때를 얻는 것이 귀중하다네.
꽃다운 시절이 늘 있는 건 아니니
실마리를 떨어뜨리면 기약하기 어려워라.

好在諸君子,　　　詩書貴及時.
芳年不長住,　　　墜緒杳難期.

여강에서 취하여 읊다
驪江醉吟

지는 해를 그 누가 멈출 수 있으랴.
쌓인 그늘을 걷어내지는 못한다네.
여강이¹ 서쪽으로 흘러 한강에 이를 테니
취한 뒤에는 한번 대(臺)에 올라야겠네.

落日那能住,　　重陰不可開.
驪江西達漢,　　醉後一登臺.

■
1. 경기도 여주의 옛이름인데, 여주 북쪽을 흐르는 한강의 상류를 여강이
   라고 부른다.

산 속 스님의 시축에다
題山僧詩軸

흰머리는 가을에 더욱 길어지고
붉은 마음은 죽어도 그치지 않네.
이제부터는 적송자를 따라가서
음식도 먹지 않고 벼슬도 사양하리라.[1]

白髮秋逾長,　　丹心死未休.
方從赤松子,　　辟穀謝封留.

■
1. 한나라 장량(張良)이 신선 되기를 사모하여, 적송자를 따라가서 음식도 먹
　지 않겠다고 하였다. 그러다가 제후 벼슬을 봉하자 만족하였다.

사암의 부고가 오다

思菴訃至 二首

1.

내 신세가 떼를 잃은 기러기 같으니

이 몸을 어느 곳에다 내맡기랴.

우리는 서로 등지고 나타나는 삼성과 상성 같아[1]

그림자가 찬 구름과 더불어 스러지네.

我似失羣鴻,　　　依依何處托.

參商蘆葦間,　　　影與寒雲落.

2.

백순이[2] 복이 없었으므로

천하도 복이 없었네.

운명인 것을 어찌하랴

가을 바람 맞으며 한껏 통곡하네.

伯淳無福故,　　　天下也無福.

命矣奈如何,　　　西風一痛哭.

■

*사암의 이름은 박순(朴淳 1523~1589)인데, 자는 화숙(和叔)이고 사암은
　호이다. 화담 서경덕에게서 글을 배웠으며, 같은 동문이었던 정철과 가
　깝게 지냈다. 1553년 정시(庭試)에 장원급제한 뒤에 영의정까지 올랐
　다. 삼당시인(三唐詩人) 최경창, 백광훈, 이달이 그에게서 시를 배웠다.
1. 삼성(參星)은 서쪽에 있고 상성(商星)은 동쪽에 있어서, 두 별이 서로
　등지고 나타나기 때문에 끝내 보지 못한다.
2. 명도선생(明道先生) 정호(程顥)의 자이다.

율곡에게
贈栗谷 二首

| 이때 율곡과 더불어 동서(東西)의 당론을 논쟁하다가, 의견이 마무리 되지 않았다. 그래서 이 시를 지었다. (時與栗谷爭東西黨議未契有是作)

1.

말하고 싶지만 말하면 때가 되고
가만 있자니 가만 있어도 티끌이 되네.
말하건 안 하건 티끌 되고 때가 되니
글을 쓰려다가 벗님에게 부끄럽네.

欲言言是垢,　　思默默爲塵.
語默皆塵垢,　　臨書愧故人.

2.

그대의 말이 짐작이 있는 건지
나의 뜻이 요량이 없는 건지,
무르익어 한 가지로 돌아가는 날
이 맛이 길다는 걸 알게 되겠지.

君言有斟酌,　　我意沒商量.
爛漫同歸日,　　方知此味長.

열운정
悅雲亭

l 정자가 이천에 있는데, 이때 유공 조인이 현감으로 있었다. (亭在伊川
  時柳公祖訊爲縣宰)

이 정자에 오르는 사람들마다
구름만 즐기고 술은 즐기지 않네.
좋아하고 싫어함이 사람마다 달라서
술을 즐기는 사람은 나와 주인뿐일세.

人皆登此亭,　　　悅雲不悅酒.
好惡萬不同,　　　悅酒吾與主.

쌍계사 설운 스님의 시축에 쓰다
題雙溪雪雲詩軸

미처 쌍계사에 이르기도 전에
칠보스님부터 먼저 만났네.
여보 스님이여, 나를 따르겠소.
흰 구름 층층이 봄이 들었다오.

未到雙溪寺,　　先逢七寶僧.
僧乎從我否,　　春入白雲層.

생질 최준에게 주다
贈崔甥浚

유뇌지의 생질과[1] 꼭 같다고
사람들이 말하지만 나는 아니라 하네.
내 미친 짓을 네가 만약 배운다면
어느 고을에 간들 행세하겠느냐?

酷似牢之舅,　　人言我曰無.
吾狂爾若學,　　州里可行乎.

---

1. 진(晉)나라 사람 하무기(何無忌)는 유뇌지의 생질이었는데, 그 모습이
　　외삼촌과 비슷하였다.

나는 병이 많은데다 추위를 겁내어
산길을 갈 때에는 옷을 여러 겹 껴입었다.
술을 마셔 취하게 되면
참으로 술 항아리 모습처럼 된다.
산 속 스님이 또한 들것과 대바구니로
대충 가마를 만들어 나더러 그 속으로
들어가라고 권하므로
내가 웃고서 이 시를 지었다
余多病怵寒山行衣累襲飮至醉眞如酒瓮狀山
僧又以舁土竹籠略作輿子勸余入之余笑而賦
此

술 항아리를 겹겹으로 싸가지고
조그만 대바구니에 담아 놓았네.
인간세상에 필탁이라는[1] 자가 있어
흰 구름 속으로 깊이 들어가는구나.

酒瓮重重裹,　　　盛之小竹籠.
人間有畢卓,　　　深入白雲中.

■
1. 진(晉)나라 사람인데, 젊어서 방탕하였다. 이부랑으로 있으면서 노상 술만
　마시다가, 벼슬에서 떨려났다. 한 번은 이웃집 술을 훔쳐 마시다가 들켜서
　온몸이 묶여졌는데, 필탁인 것을 알고는 풀어주었다. 그러자 필탁이 그 주
　인을 불러다 술 항아리 옆에서 술잔치를 벌인 뒤에 떠났다.

달을 마주하여 혼자 술을 따르다
對月獨酌

저녁 달이 술잔에 거꾸러지자
봄바람이 내 얼굴에 달아오르네.
천지에 외로운 칼 한 자루로
다시금 다락에 올라 길게 휘파람 부네.

夕月杯中倒,　　春風面上浮.
乾坤一孤釼,　　長嘯更登樓.

헤어지면서 지어주다
贈別

헤어지는 게 아쉬워서 거듭 손 잡고
회포를 말하며 다시금 술을 따르라 하네.
일생 동안 자주 모였다가 흩어지니
만사를 천지에다 맡겨버려야지.

惜別重携手,　　論懷更命樽.
一生頻聚散,　　萬事任乾坤.

율곡의 시에 차운하여
산 속 스님에게 지어주다
次栗谷韻贈山僧

흘러가는 물이 어느 때 돌아오랴.
벗님네는 어느 날 찾아오랴.
풍진 세월 여섯 해 동안 눈물만 흘렸으니
흰머리에다 눈도 뜨기 어려워라.

流水幾時返,   故人何日來.
風塵六載淚,   白首眼難開.

관동에서 기생에게 지어주다
關東有贈妓

십오 년 전에 약속하기를
감사나 찰방이¹ 된다고 했었지.
내 말이 비록 맞기는 했지만
우리 둘 다 귀밑머리 반백이 되었네.

十五年前約,   監司察訪間.
吾言雖或中,   俱是鬢毛斑.

■
1. 각 도(道)의 역참(驛站) 일을 맡아보던 종6품 벼슬인데, 역승(驛丞)이라고
   도 불렸다. 서울을 중심으로 각 지방에 이르는 중요한 도로에 말과 관리를
   두어 공문서를 전달하고 공무 여행자의 편리를 돌보아주던 기관이 역(驛)
   과 참(站)이다. 관동지방의 정든 기생과 헤어지면서, 감사나 찰방 벼슬을
   얻어 부임하여 다시 만나자고 약속했던 것이다.

윤흔이 찾아오다
尹時晦昕見訪

두 개의 촛불이 그대를 따라와서
삼경이 되도록 밤을 밝혀주네.
마음 속의 말을 다하지 못했으니
술동이가 빌까 봐 그것만 걱정일세.

二燭從公至,　　三更伴夜明.
寸心言不盡,　　惟畏綠樽傾.

＊윤흔(1564~1638)의 첫이름은 양(暘)이고 호는 도재(陶齋)이며, 시회는
자이다. 영의정 윤두수의 아들인데, 문과에 급제한 뒤에 우승지까지 올
랐다. 그러나 1631년에 첩의 아우인 서양갑(徐羊甲)의 옥사에 연좌되어
파면 당하였다. 인조반정 뒤에 여러 벼슬을 거치면서, 이괄의 난과 정묘
호란 때에 임금을 모시고 피란다녔다. 병자호란 때에도 임금을 모시고
남한산성까지 따라갔다가 이듬해 돌아와서 지중추부사까지 올랐지만,
이듬해 겨울에 죽었다.

산 속 절에서 밤에 읊다
山寺夜吟

우수수
나뭇잎 떨어지는 소리에
갑자기 비라도 오는가
잘못 알았었네.
스님을 불러 문 밖을
내어다 보라고 했더니,
시냇물 남쪽 나무 위에
달만 걸려 있다네.

蕭蕭落木聲,　　錯認爲疎雨.
呼僧出門看,　　月掛溪南樹.

차운하여 이발에게 주다
次贈李潑

푸른 버들 북문에는 말발굽소리 시끄럽건만
나그네 방에는 사람도 없어 고요함을 벗삼네.
두어 가락 긴 수염을 그대가 뽑아가니
늙은 사내 풍채가 문득 쓸쓸해지네.

綠楊官北馬蹄驕.　　客枕無人伴寂寥.
數箇長髥君拉去,　　老夫風采便蕭條.

* 이발(1544~1589)의 자는 경함이고 호는 동암인데, 동인(東人)의 중심인
물이다. 조광조의 왕도정치를 이념으로 삼고 바른 정치를 해보려 했지
만, 인사권을 장악한 뒤부터 많은 사람들에게 원한을 샀다. 1589년 동
인 정여립의 난을 계기로 서인들이 집권하여 동인들이 박해당하게 되
자, 부제학으로 있던 이발도 화를 면하지 못할 줄 알고 교외에서 죄를
기다렸다. 두 차례에 걸쳐 모진 고문을 받은 끝에 죽고, 어머니와 아들
그리고 제자와 종까지도 매맞아 죽었다.

임제에게 장난삼아 지어주다
戱贈林子順悌

백년 동안 긴 칼 차고
외로운 성에 기대어,
바닷물로 술을 삼고
고래 잡아 회를 치자 하였었지.
가련해진 이 내 신세가
날다가 지친 새와 같아져,
기껏 살림 꾸릴 생각이
한 가지에 지나지 않아라.

百年長釖倚孤城.　　酒倒南溟鱠斫鯨.
身世獨憐如倦翼,　　謀生不過一枝營.

＊임제(1549~1587)의 호는 백호(白湖)이고, 자순은 자이다. 1577년 문과에
　급제한 뒤에 예조정랑을 지냈지만, 당시 선비들이 동서(東西)로 나뉘어 다
　투는 짓을 개탄하고 이름난 산을 찾아다니며 풍류로 세월을 보냈다. 황해
　도사 벼슬을 받고 부임지로 가다가, 개성에서 기생 황진이의 무덤에 술잔
　을 따르고 시조를 한 수 지었던 일 때문에 벼슬에서 쫓겨난 적도 있었다.

도문사에게 지어주다
贈道文師

죽록정 조그만 정자를 새로 짓고서
송강의 물이 맑으니 내 갓끈을 씻는다네.[1]
티끌세상의 수레와 말들은 물리치고서
강산의 풍월을 그대와 함께 평하리라.

小築新營竹綠亭.　　松江水潔濯吾纓.
世間車馬都揮絶,　　山月江風與爾評.

■
1. 초나라 시인 굴원이 지은 〈어부사〉에서 늙은 어부가 굴원에게
　"창랑의 물이 맑으면
　내 갓끈을 씻으리라.
　창랑의 물이 흐리면
　내 발을 씻으리라" 라는 노래를 불러 주었다.

참의 안자유의 집에서 술을 대하고
장난삼아 짓다
安參議自裕家對酒戲吟

| 이때 동강 남언경이 함께 가서 시를 지었다. 안자유의 자는 계홍이다. (時南
   東岡彦經同往賦詩安字季弘)

자네 집에 술이 있다더니
시고도 짜가워라.
신 맛이 바로
정계함과[1] 꼭 같아라.
나라에나 집에나
모두 쓸데 없으니,
강남으로 돌아가서
누워버리는 게 좋겠네.

君家有酒酸且醎.　　酸味還同鄭季涵.
於國於家俱不用,　　不如歸去臥江南.

■
1. 계함은 정철 자신의 자이다.

두류산에 들어가는 사람을 배웅하면서
送人入頭流山

두류산이 흰 구름 밖에 있건만
정신만 혼자 가고 이 몸은 못 가네.
천왕봉 위의 달을 손으로 만지게 되면
나를 불러 맑은 빛을 나누어 주소.

頭流山在白雲表.   獨往神傷吾未從.
手弄天王峯上月,   淸光須寄喚仙東.

병중에 우연히 읊다
病中偶吟

목숨이 쉰을 넘고
벼슬은 정승에 올랐으니,
비록 이제 죽더라도
여든 늙은이보다 나아라.
오직 인간 세상에
못다 마신 술이 있으니,
두어 해만 더 살게 해준다면
소원을 이루겠네.

壽逾知命位三公.　　雖死猶勝八十翁.
唯有人間未盡酒,　　數年加我願天同.

고양산 속 서재에서 시를 읊어
경로에게 부치다
高陽山齋有吟寄景魯 十首

| 이희삼의 호가 노옹(魯翁)인데, 자를 또한 호고(好古)라고 하였다.

10.
한가하게 살면서 할 일이 없어
술잔이나 벗삼다 보니,
인간세월 길기도 하다는 걸
이제 비로소 알겠네.
세상만사를 진토 속에다
던져 버리고 싶어라.
세상 사람들아 이 사람이 미쳤다고
비웃지나 마소.

閒居無事理壺觴.　　始覺人間日月長.
萬事欲抛塵土裏,　　世人莫笑此人狂.

회포를 읊다
詠懷

| 임금의 행차가 의주에 머물고 있었다.

삼천리 밖에 미인이 계신데
열두 간 다락 안에 가을 달이 밝았네.
어떻게 하면 이 몸이 학이 되어서
통군정[1] 아래에서 한 번 슬피 울어보랴.

三千里外美人在,　　十二樓中秋月明.
安得此身化爲鶴,　　統軍亭下一悲鳴.

■
1. 평안도 의주에 있는 정자인데, 압록강 기슭 삼각산 봉우리에 자리잡고 있
　다. 서북쪽 국경의 거점이었던 의주성의 군사 지휘처로 쓰였다. 임진왜란
　때에 선조 임금이 자주 사용하였다. 북한의 보물급 문화재 제11호이다.

수옹의 시에 차운하다
又次壽翁韻

2.
바닷가 사람은 오래도록 병을 앓고
산봉우리 암자에는 나무만 홀로 남아 있네.
온 집안 일흔 명 식구들이
하루 아침에 동서로 떠돌아다니네.
먹을 게 없으니 어찌 배부르길 바라랴
입을 게 없으니 가을 오는 게 두렵네.
이 몸을 따르는 옛날의 개가 있어
머리를 늘어뜨리고 마주앉아 걱정하네.

海國人長病,　　峰菴樹獨留.
全家七十口,　　一日東西流.
無食敢求飽,　　無衣常畏秋.
隨身有舊犬,　　愁恨對垂頭.　─右歎兄

아숙의 숲속 정자에 쓰다
題雅叔林亭

이 늙은이는 술 있는 곳에 반갑게 나타나지.
술맛이 달작지근해지면 벼슬 맛이 싸늘해지지.
오늘 자네 집에 모여서 연꽃을 구경하니
연못의 저녁 기운이 옷에 가득 향기로워라.
구름 되다 비 되는 것이 우정이라고 말하지 말게나
길고 짧은 시를 짓는 것도 즐거운 일 아니랴.
헤어진 지 몇 해만에 또 다시 여기 왔건만
대숲 속에는 옛 그대로 글 읽는 상이 있네.

老父於酒喜登場.　　酒味酣來宦味凉.
今日君家賞蓮會,　　西池夕氣滿衣香.
交情休說雨雲態,　　樂事須憑長短章.
一別幾年重到此,　　竹間依舊讀書床.

말을 제대로 못 하게 되다
失音 二首

1.

내가 말이 많아서 하늘이 나를 싫어하는지
목구멍에 풍이 끼어 소리가 그렁거리네.
가을 매미가 울다 잠시 그친 것 같고
병든 까치 혀끝이 무딘 것도 같아라.
옳다 그르다 떠들던 그 버릇이 후회가 되니
열고 닫음이 천기의 유동이었음을 이제야 알겠네.
말이나 소를 불러도 응답이 전혀 없어
새 달이 산을 내려갈 때까지 누워서 바라만보네.

天公厭我多言否.   喉挾纏風響挾嘶.
殆似寒蟬鳴暫歇,   還如病鵲舌初癡.
是非正悔呶呶習,   開闔方諳袞袞機.
呼馬呼牛都不應,   臥看新月下山時.

■
＊이 아래는 임진왜란 뒤에 지었다. (원주)

납청정 시에 차운하다
納淸亭次韻

세상의 몸과 이름이 모두 꿈 같으니
눈에 보이던 옛친구들이 반나마 가버렸네.
시름겨운 사업은 석 잔 술이니
늙어가면서 생애가 한 여정(旅亭) 같아라.
진퇴를 알지 못해 아침에 『주역』을 보고
날씨를 점치려고 밤에 별을 살피네.
행인의 마음 개운치 않은 곳이 없으니
맑은 향불 연기가 올올이 푸르구나.

世上身名都夢幻.　　眼中遊舊半凋零.
愁來事業三杯酒,　　老去生涯一旅亭.
進退未知朝對易,　　陰晴欲卜夜觀星.
行人無處不瀟灑,　　淸遠香烟縷縷靑.

취하면 잠자지 못하는 것이
나의 보통 때 버릇인데 지난 밤에는
더욱 심하여 앉은 채로 날이 밝았다.
옆의 사람이 괴이하게 여겨 물으므로
시를 지어 풀이하였다

醉輒失睡乃僕常症而去夜尤甚坐以達朝傍
人怪而問之詩以解之

술자리가 끝나니 밤이 더욱 서늘한데
자고 싶어도 오지 않는 잠을 어찌하랴.
왜 잠이 깨었을까, 아마도 병이 생긴게지.
나라 걱정 때문이지 집 걱정은 아니라네.
텅 빈 여관 새벽등은 은은히 비치는데
주렴에 지는 달은 그림자가 비끼었네.
내일 아침에는 거울 볼 필요도 없을게야.
의주에 가기도 전에 머리가 다 흴 테니까.

新安酒罷夜凉多.　　欲睡其如無睡何.
豈是抱醒應抱病,　　只緣憂國不憂家.
虛館曙燈初隱映,　　半簾殘月正橫斜.
明朝不用臨靑鏡,　　未到龍灣髮盡華.

한밤의 회포
夜懷 二首

1.
한밤이 지나도록 말없이 앉았노라니
어느 곳 빗소리인지 시냇물소리에 섞여 들리네.
창 앞의 늙은 말은 주려도 기운차고
구름 속의 차가운 달은 어둡다가 다시 밝아지네.
우정이 야박해진 걸 늙어서야 알게 되니
홍진의 벼슬길에 생각 더욱 가벼워지네.
몇 년 동안 한 가지 일을 저버리기 어려우니
호숫가 갈매기와 옛 맹세 있었네.

不語悠悠坐五更.　雨聲何處雜溪聲.
窓前老驥饑猶橫,　雲裏寒蟾暗更明.
白首始知交道薄,　紅塵已覺宦情輕.
年來一事抛難去,　湖外沙鷗有舊盟.

96

이정면이 시를 잘 짓고 술을 즐기며
세상살이에는 담박했는데 술병 때문에
코끝이 붉어지자 스스로 차(齇)라고
호를 지었다. 고시 삼십 운을
장난삼아 지어주며 화답시를 구하다
李生廷冕工詩嗜酒薄於世味病酒而齇因自
號爲齇戲題古詩三十韻投贈求和

동쪽 나라에 한 선비가 있어
얼굴이 붉은데다 마음도 또한 붉다네.
술은 사랑하건만 돈은 사랑하지 않고
시를 좋아하는데다 손님까지도 좋아한다네.
서울 서쪽에 집을 두고 살면서
십 년 동안 책 한 권만 손에 잡았다오.
책을 파고들어 심오한 경지에 이르렀으니
남이 한 가지에 능하면 그는 백 가지에 능하건만,
시끄러운 명예와 이익의 마당에선
머리를 흔들며 백안시하네.
내 일찍이 벼슬살이를 권했건만
돌아가는 구름을 웃으면서 가리켰지.
세상에서 이 사람 살아가는 모습이
돌처럼 단단하게 지조를 지켰다네.
나를 용산정으로 찾아왔을 때
나는 마침 신묘년 액을¹ 만났었지.
맑은 이야기랑 우스개소리를 뒤섞어

실컷 술 마시다보니 강 하늘이 저물었네.
갑자기 고개 넘어 헤어지게 되니
물 위에 떠도는 마름처럼 종적이 없었지.
요즘에야 의주에서 다시 만나
겨울과 여름이 바뀌도록 상을 마주했네.
그대 말 한 마디에 세 번씩이나 감탄하니
강산도 예전과 많이 달라졌네.
전쟁의 소굴에서 한 해를 넘겨
임금의 수레는 변방으로 떠나고,
의관 문물이 개 같은 오랑캐에게 더럽혀지니
살기가 천지에 가득 쌓였네.
우리 임금 지극하신 정성이 있어
천자께서 은택을 내리셨으니,
잠깐사이 더러운 것들 쓸어버리고
강토를 맑게 돌보았네.
들리는 소문으로는 두 분의 왕자께서[2]

■

1. 1591년(신묘) 2월에 정철이 선조를 만나서 광해군을 세자로 책봉하자고 청
   하였다. 선조는 신성군에게 뜻이 있어서 대답하지 않았다. 정철이 물러나
   사직서를 세 차례나 올리자, 임금이 허락하였다. 3월에 안덕인이 상소하여
   정철을 탄핵하자, 정철은 용산촌사로 나와서 명을 기다렸다.
2. 1592년에 가또오가 함경도를 침략하였을 때에, 회령의 아전인 국경인이 임

심유격 장군과 함께 돌아오고,

또 들으니 송경략도[3] 공을 이루어

전쟁을 그치게 되었다 하네.

늙고도 죽지 않은 게 다행인지

왕업이 빛나는 걸 다시금 보게 되었네.

목메여 흐르는 눈물이 수건을 적시고

기뻐서 넘어질 듯 슬픔이 더해라.

붉은 코 그대여, 이제 나오게나

세상을 건지는 게 그대 책임 아니던가.

그대에게 권하노니 평생의 학문을 가지고

천하의 집으로 돌아오시게나.

순임금의 의상을 만들어 내어

믿음직한 손길로 가위와 자를 놀리시게나

해군과 순화군을 붙잡아 왜적에게 넘기고 항복하였다. 이듬해에 명나라 유격장군 심유경과 도요토미 히데요시가 강화회담을 하게 되자, 왜군에서는 이 두 왕자를 놓아주었다.

3. 명나라 신종 때에 병부시랑으로 있다가 임진왜란이 일어나자 조선 구원병의 총지휘를 맡았던 송응창이다. 그러나 그는 요동에 머물러 있으면서, 이여송이 평양과 개성을 탈환할 때까지 방관하고 있었다. 이여송이 평양을 탈환하자, 그는 이여송을 본국 정부에 무고하였다. 명나라와 왜군 사이에 강화회담이 진행되자, 그는 이여송과 함께 본국으로 소환되었다.

붉은 코가 두 번 절하며 말하기를

참으로 좋은 말이지만 내게는 맞지 않소.

나는 끝까지 못난 재주를 지킬 테니

이 말은 그만하고 다른 말 좀 들읍시다.

선생도 크게 웃고 말하기를

그대의 고집불통을 어쩔 수 없네.

범나라나 초나라나 존망은 한 가지이니[4]

득실이 한 판의 바둑이라네.

평생토록 〈태현경〉을 읽는데도

구원으로 속백 보내길[5] 기약할 수는 없다네.

나는 노쇠해 모든 일에 게을러지고

육신 위해 일하는 걸 싫어한 지 오래 되었다네.

송강의 농어가 생각나고[6]

왕자교의 신발을[7] 들고 싶다네.

그대는 시렁 위의 해동청을 보시게나

4. 범(凡)은 작은 나라이고 초(楚)는 큰 나라이지만, 흥하고 망하는 것은 마찬 가지이다.
5. 덕이 있는 선비를 임금이 부르면서 폐백을 보내었다.
6. 장한(張翰)이 강동보병(江東步兵)으로 있었는데, 가을바람이 일어나자 고 향이 그리워졌다. 송강의 농어와 전체국이 생각나서 배를 타고 떠났다.
7. 후한(後漢)의 왕자교(王子喬)가 섭현(葉縣)의 현령이 되었는데, 달마다 삭

언제나 하늘 날아갈 나래를 다듬는다네.
붉은 코 그대여, 이제 가시려나
춤추는 옷소매가 땅이 좁아 걸리적거리네.[8]
하늘 밖에서 함께 만나 노닐어 보시게나.
우리들 이름은 죽을 명부에서 벗어났다네.

東方有一士,　　面赤心亦赤.
愛酒不愛錢,　　好詩又好客.
棲于京城西,　　十年把一冊.
硏窮到突奧,　　人一能已百.
紛紛名利場,　　頭掉眼亦白.
吾嘗勸之仕,　　笑指歸雲碧.
此物於世間,　　其介堅如石.
訪余龍山亭,　　屬余辛卯厄.
淸談雜詼諧,　　痛飮江天夕.

망이 되면 조정에 뵈러 왔다. 황제가 이상하게 여겨서 염탐하게 했더
니, 동남쪽에서 쌍오리가 날아왔다. 그물로 잡아보니 다만 한 짝의 신
발이 있을 뿐이었다.
8. 한나라 경제(景帝)의 아들 장사정왕(長沙定王)이 조정에 뵈러 오자, 황
제가 춤을 추게 하였다. 왕이 옷소매를 조금 쳐들면서 "나라가 작고 땅
이 좁아서 (한 바퀴) 돌 수가 없습니다" 하였더니, 황제가 무릉·영릉·
계양의 땅을 더 주었다.

居然嶺外別，萍水俱無跡．
爾來龍灣城，對床寒署易．
一語三發嘆，山河異疇昔．
經年戎馬窟，玉輦黃沙磧．
衣冠汚犬羊，殺氣天地積．
吾君有至誠，天子垂恩澤．
須臾掃腥穢，顧眄清疆場．
傳聞兩王子，歸與沈遊擊．
又聞宋經略，功成罷兵革．
老而不死幸，再覩王業赫．
霑巾嗚咽淚，喜倒悲還劇．
黿乎可以出，濟世非君責．
勉爾平生學，歸歟天下宅．
裁作舜衣裳，信手遊刀尺．
黿也再拜言，信美非吾適．
終當守吾拙，捨是更請益．
先生大笑曰，固哉君之癖．
存亡等凡楚，得失同秋奕．
平生太玄經，不必丘園帛．
吾衰萬事慵，久矣厭形役．
遠憶松江鱸，欲舉王喬舄．

君看架上蒼，　　每整秋天翮．

鸞乎君去否，　　舞袖妨地窄．

相期天外逍遙遊，　吾輩之名脫死籍．

한가롭게 살면서 입으로 부르다
閒居口占

뜬 구름이 긴 하늘을 지나가니
한 점 두 점이 하얗구나.
흐르는 물이 북해로 돌아가니
천리 만리가 파랗구나.
흰 것은 왜 희게 되고
파란 것은 왜 파랗게 되었는지,
그 이치를 물어보고 싶건만
구름도 바쁘고 물도 또한 급하더라.

浮雲過長空,　　一點二點白.
流水歸北海,　　千里萬里碧.
白者何爲白,　　碧者何爲碧.
此理欲問之,　　雲忙水亦急.

강계에 귀양 가서 양대박의 시에 차운하다
江界謫中次梁靑溪大樸韻

황혼녘에 아름다운 달이 떠오르기에
미인과 더불어 약속을 했네.
검각산도 오고나면 평탄한 법이니
태항산이 무슨 일로 위태로우랴.
그 누가 상고(上古)의 일을 알랴마는
이제는 무위(無爲)를 묻고 싶어라.
술 한 잔을 가득 부어 마시면서
요(堯) 순(舜)의 시대를 함께 즐기세나.

黃昏有佳月,　　吾與美人期.
劒閣卒來坦,　　太行何事危.
誰能識上古,　　方欲問無爲.
滿酌一杯酒,　　共歡堯舜時.

별집

별집은 속집에도 빠진 글들인데, 정철이 직접 쓴 유고들
가운데 나중에 발견된 것들을 모아 엮었다. 원집과 속집이
계속 엮어지자, 그로부터 글을 받았던 사람들이 그때까지
소장하고 있던 글들을 실어 달라고 보내온
것들도 많다. 정철의 시가 분명하다고 판정된 것들만
골라서 별집으로 엮었다. 권1은 시 · 부(賦) ·
묘갈(墓碣) · 제문 · 서 · 잡저이고, 이하는 부록이다.
권2는 세계도(世系圖)와 〈연보(年譜)〉上이며,
권3은 〈연보〉下이다. 권4는 제문 · 만사(挽詞) · 행록(行錄)이고,
권5는 행장 · 시장(諡狀)이며,
권6은 신도비명 · 묘표 · 전(傳)이고, 권7은 변무소(卞誣疏) ·
기술잡록이다. 별집에 〈송강가사〉도 추록되어 있다.
문중에서 별집을 엮어, 정철의 후손인
정운학이 창평군수로 있던 1894년에 원집 · 속집과 함께
목판본 11권7책으로 간행하였다. 전라남도 담양군 남면 지곡리
서하당 경내에 있는 장서각에는
지금도 이 문집의 목판이 보존되어 있다.

강숙이 서울로 올라가면서
고양의 시골집에 들르다
剛叔逢差上京訪高陽村居

들판에 갑자기 비가 오는데
구름 너머엔 해가 바야흐로 대낮일세.
세상만사 사람은 술에 취하는데
천산이라 갈 길은 끝이 없구나.

田間雨忽至,　　雲外日方中.
萬事人將醉,　　千山路不窮.

용성으로 돌아가는 안창국을 전송하며
送安君昌國歸龍城 五首

1.
해가 지나도록 오래 헤어져 있다가
이레 동안 봄날을 함께 노닐었네.
사귀는 벗들이 온 천지에 가득하건만
그대야말로 내 의중의 사람이라네.

久作經年別,　　聊同七日春.
交遊滿天地,　　君是意中人.

2.
온 집이 대숲에 가리웠는데
외로운 배가 봄 강물에 출렁이네.
밝은 시대에 한 가지 흠이라면
그대가 고기나 낚는 사람이 된 것일세.

全家隱巖竹,　　孤棹漾江春.
明時一欠事,　　君作釣魚人.

하옹이 옛 편지를 내어 보이다
霞翁以舊書出示

삼십 년 전의 편지를 보니
종이 위에 쓰인 말이 정녕 간절해라.
먹 자취가 새로워 어제 같은데
사귄 의(義)는 늙어갈수록 돈독해졌네.
먼지나 좀벌레에게 바칠 게 아니라
마땅히 자손에게 보여야 하네.
친한 벗이 천지에 가득하건만
손을 뒤집어 비도 되고 구름도 된다네.[1]

三十年前札,　　丁寧紙上言.

墨痕新似昨,　　交義老彌敦.

未可輸塵蠹,　　端宜示子孫.

親朋滿天地,　　雲雨手能飜.

■
1. 두보가 지은 시 〈빈교행(貧交行)〉에서 나온 말이다.

　　손을 뒤집어 구름을 만들었다가
　　손을 엎어 비도 만드니,
　　어지럽게 경박한 사람을
　　어찌 다 헤아리랴.
　　그대는 보지 못하였던가
　　관중과 포숙이 가난하였을 때에 사귀던 모습을,
　　요즘 사람들은 이 도(道)를
　　마치 흙처럼 저버리네.

헤어지는 마음이 술잔의 깊이 같아

헤어지는 마음 그 누구가
술잔의 깊이와 같다고 했는가?
다시금 숲속 정자를 향하여
조금씩 술잔을 기울이네.
날이 밝으면 그대를
멀리 떠나 보내고,
폭풍이 불어오는 곳으로
다시금 옷깃을 펼치리라.

離情誰似酒杯深.　　更向林亭淺淺斟.
明日送君天上路,　　北風來處重開襟.

■
*(나는) 송강이 직접 쓴 칠언절구도 한 편 있으니, 그 시는 이렇다 …… (위
　의 시) …… 이 시가 『송강집』 가운데에는 보이지 않지만, 시의 뜻이 크고
　도 뛰어났으며, 필치 또한 분방하다.
　　─ 이가원 『옥류산장시화』

부록

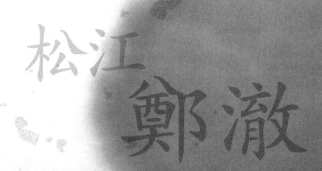

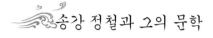

송강 정철과 그의 문학

— 현실에 대한 조응체(照應體)로서의 삶의 문학

1. 배경으로서의 생애

문인이자 정치가이며 풍류객이었던 송강 정철(1536 : 중종 31 ~1593 : 선조26)은 현실과 자연을 왕래하면서 영욕을 반복하던 조선조 사대부 지식인의 전형적인 일생을 보여주었다. 그는 서울에서 태어났으며, 부친은 돈녕부 판관 정유침이었다. 큰누이(仁宗의 貴人), 둘째 누이(桂林君의 부인) 덕에 어려서부터 궁중 출입이 잦았고, 후일 명종이 된 경원대군(慶源大君)과 친밀하게 지낼 수 있었다.

그러나 열 살 때 둘째 매형인 계림군이 을사사화에 연루됨으로써 그의 집안 역시 말할 수 없는 핍박을 받게 되었다.

큰형은 유배 도중 죽었고 그 역시 전라도 담양 창평에 정착하기까지 아버지를 따라 유배지로 돌아다녀야 했다.

창평에 거주하는 10여년 간 임억령(林億齡)·김인후(金麟厚)·송순(宋純)·기대승(奇大升) 등을 만나 시문(詩文)과 학문을 배웠다. 26세 되던 1561년에 진사시에 1등으로 급제하고, 다음 해 별시 문과에 장원을 한 다음 사헌부 지평을 시작으로 여러 벼슬을 지냈다.

벼슬을 중심으로 한 그의 일생은 제1기(27세~40세) : 사헌부 지평~암행어사, 제2기(43세~44세) : 장악원정~승지, 제3기(45세~50세) : 강원도 관찰사~대사헌, 제4기(54세~56세) : 우의정 · 죄의정, 제5기(57세~58세) : 체찰사 및 사은사 등으로 나누어 볼 수 있다. 그러나 그가 정치에 참여한 기간을 이와 같이 여러 시기로 구분할 수 있다는 것은 그의 벼슬살이가 순탄치 않았음을 입증하는 일이다. 그는 반대파인 동인의 탄핵과 모함을 심하게 받았으나 정여립 모반 사건을 계기로 우의정에 발탁되면서 제4기의 벼슬길을 걷게 되었고, 이 시기에 그는 서인의 영수로서 동인들을 철저히 핍박하기도 하였다. 그러나 이와 같은 당쟁의 와중에서 사은사의 자격으로 명나라에 다녀 온 후 결국 치사(致仕)하게 되었고 58세를 일기로 생을 마쳤다.

또한 그는 평소에 왕이 염려해 줄 정도로 술을 좋아하였다.

건저문제(建儲問題)를 둘러싼 동인의 책략에 의해 선조의 노여움을 사게 되었는데, 그를 귀양 보내기 위해 '대신으로서 주색에 빠져 있다'는 것이 명분의 하나로 내세워질 만큼 그는 술을 좋아하였다. 이와 같이 그의 일생이 순탄치 못했던 것은 복잡하게 전개되던 당쟁은 물론 직선적이며 타협을 모르는 그의 성격 때문이기도 하였다. 정치 현실에서 맛보아야 했던 영욕의 즐거움과 쓰라림, 명철보신(明哲保身)의 일환으로 선택할 수밖에 없었던 자연에의 귀의(歸依), 괴로움의 도피처로 생각하던 술과 풍류 등은 그의 문학에 고스란히 드러나 있다. 그의 문학세계를 이해하기 위하여 생애를 먼저 고려해야 하는 이유도 바로 여기에 있는 것이다.

2. 문학세계

1) 장르의식

송강은 한문문학과 국문문학 등 당대의 모든 문학양식에
두루 통달했던 문인이었다. 양자에 모두 통달했다는 것은 국
문학사상 중요한 의미를 지니는 점이다. 한문을 읽고 쓸 줄 아
는 독서인들이 지배계층을 형성하고 있던 시대, 더구나 지배
계층의 핵심에 속해 있으면서 당대에는 으레 우매한 민중들
만이 사용하는 것으로 되어 있던 구어(口語)를 능숙하고 세련
되게 구사하여 우리 노래들을 지었다는 것은 국문학의 전개
에 있어 일대 사건이었다.

그리고 그것은 국문학의 장르적 개념이나 위상을 정립하는
데 결정적 계기가 되었다. 더구나 한문학 전성기에 과감히 우
리말 노래들을 지어냄으로써 당대 지식층, 예컨대 서포(西浦)
김만중(金萬重)과 같은 귀족계층 석학들로 하여금 자아를 인
식할 수 있게 해 준 것은 전적으로 송강의 문학적 천재성과 신
념이 빚어낸 결과였다.

그렇다면 그는 왜 일상적인 우리말을 문학어로 사용하였을
까. 서포는 송강의 〈관동별곡〉·〈사미인곡〉·〈속미인곡〉을
중심으로 다음과 같은 요지를 언급한 바 있다.

즉 '① 이 노래들은 우리나라의 〈이소(離騷)〉다/ ② 어떤 사
람이 〈관동별곡〉을 7언시로 번역하였으나 아름답지 못하였다
/ ③ 어느 나라 말이나 그 고유한 말을 바탕으로 절주를 맞추
면 천지를 움직이고 귀신과 통할 수 있다/ ④ 지금 우리나라
한시문이란 고유한 말을 버리고 다른 나라의 말을 배워 쓴 것
이므로 십분 비슷해진다 해도 이것은 앵무새가 사람의 말을

흉내내는 데 불과하다/ ⑤ 여항에 사는 나무꾼, 물 긷는 아낙네의 노래가 비록 비리하다 하나 진짜와 가짜를 논한 즉 학사대부들의 시부와는 비교할 수 없을 만큼 훌륭하다/ ⑥ 우리나라의 참된 문장은 예로부터 이 세 편뿐이다/ ⑦ 세 편 중 〈관동별곡〉, 〈사미인곡〉은 중국의 한자어를 차용하여 그 외면을 꾸몄으므로 〈속미인곡〉 보다 가치가 떨어진다'는 등의 주장이다. 말하자면 한문학은 문어(文語)문학이었고, 국문의 노래는 일상어로 이루어진 구어(口語)문학이었다. 노래, 즉 구어문학을 한자어로 번역할 경우 그 뜻은 겨우 전달되겠지만 어조(語調)나 음률의 아름다움까지 전달될 수는 없었다. 노래란 자국의 말로 부르는 것이며 자연발생적인 것일 뿐, 다른 나라의 음운을 아무리 익혀도 그것을 체질화시켜 노래로 부를 수는 없는 일이다. 노래로 불러야 할 경우라면 자신의 모국어로 바꾸어 부를 수밖에 없었던 것이다. 퇴계 이황도 〈도산십이곡발(陶山十二曲跋)〉에서 이와 같은 견해를 피력한 바 있다.

송강이 한문학이나 국문문학을 동시에 창작하였다면, 그것이 단순한 기호체계의 이원성(二元性)으로 이해될 사항만은 아니다. 오히려 자연스러움이나 천기(天機) 등을 강조한 풍류객으로서의 송강이라면 후자에 비중을 두었을 가능성이 농후하다. 장가이든 단가이든 작품에 구사된 어휘나 표현이 자연스럽고 세련될 수 있었으며 각각의 어조에 맞는 화자(話者)가 다양하게 설정될 수 있었던 이유도 여기서 찾아볼 수 있는 것이다.

2) 작품세계

송강은 상반되는 두 가지 주제를 작품 속에서 구현하고자 하였다. 현실세계에 대한 집착이 그 하나이고 탈현실에 대한 욕구가 다른 하나이다. 전자는 유교의 원리 위에 이루어진 현실적 질서를 인정하고 거기서 이상적 세계를 이루고자 하는 이성(理性) 중심의 의식이었고, 후자는 관념상에서나마 자유로워지고자 하였던 감성(感性) 중심의 의식이었다. 그러나 양자가 상반되는 성격의 의식으로서 상충될 가능성이 있긴 하나 송강의 문학에 있어서는 그것들이 상보적 역할을 수행한다. 사실 누구의 문학에서도 이러한 양자가 표출될 수는 있을 것이다. 그러나 송강의 경우처럼 행복한 조화를 이루는 경우는 드물다.

(가) 현실지향

① 내얼굴이거동이님괴얌즉ᄒᆞ나마ᄂᆞᆫ엇던디날보시고네로다녀기실ᄉᆡ나도님을미더군ᄠᅳ디젼혀업서이리야교ᄐᆡ야어즈러이구돗ᄹᅥ디반기시ᄂᆞᆫ눈비치녜와엇디다ᄅᆞ신고누어셩각ᄒᆞ고니러안자혜여ᄒᆞ니내몸의지은죄뫼ᄀᆞ티ᄡᅡ혀시니하ᄂᆞᆯ히라원망ᄒᆞ며사ᄅᆞᆷ이라허믈하랴
— 〈속미인곡〉에서

② 到永柔縣 (영유현에 당도하여)

梨花時節雨霏霏

滿目干戈獨掩扉

迢遞塞天愁玉輦

老臣危涕日沾衣

배꽃 피는 시절 비는 부슬부슬 내리고

보이는 것 간과라서 홀로 문을 닫았네
머나먼 변방에서 임금님이 그리워
늙은 신하 눈물 흘려 날마다 옷이 젖네
　―『松江遺稿』上

③ 내 무 옴 버혀내여별 돌 을밍글고져구만리댱텬의번디시걸려
　이셔고은님계신고디가비최여나보리라
　―『松江歌辭』下〈短歌〉

〈속미인곡〉은 임금으로 치환될 수 있는 미인(美人)을 사모하는 여성화자의 간절한 사연을 내용으로 하는 노래이고 ③의 단가에 나오는 '고은님' 역시 마찬가지다. 그리고 한시 〈도영유현(到永柔縣)〉에서는 임금과 신하가 직접적으로 등장하고 있다. 당대 지식인들이 자신의 삶터로 생각하던 '현실'이란 무엇인가. 바로 임금을 정점으로 하여 이루어지던 정치판일 수밖에 없었다. 자신이 가꾸어 온 정치적 이상을 실현시키기 위해서는 임금의 신임이 절대적이었다. 임금의 신임을 얻으면 권력핵심부의 일원이 될 수 있었고, 그에 따라 중세적 질서의 상층부에 자연스럽게 자리잡을 수 있었던 것이다. 당대 사대부의 시문에 흔히 임금이 사모의 대상인 '임'으로 바뀌어 등장하는 이유도 여기에 있다.

　사모의 객체와 주체는 상하의 계서적(階序的) 관계에 놓여 있는 바, 이것들이 중세적 질서의 고착화를 지향하는 주제의식임은 물론이다. 전제군주 체제하에서 중세적 질서를 확고히 유지하기 위해서는 무엇보다 상하 관계의 틀이 확립되어야 했다. 따라서 상(上)에 대한 하(下)의 무조건적이고 일방적인 복속만이

그 틀을 지속시킬 수 있다고 본 것이다. 세 작품 모두 임금에 대한 일방적 사랑과 자신의 의무만을 강조하고 있는 내용들이다. 이 속에 우시연군(憂時戀君)이나 중세적 질서의 확립이라는 현실지향적 주제의식이 부각되어 있는 것이다. 〈관동별곡〉 역시 정도의 차이는 있겠으나 이것들과 유사한 모습을 보여준다. 그러나 전자들에 비해 무조건적이지는 않다.

> 강호에병이깁퍼듁님의누엇더니관동팔빅리에방면을맛디시니어와셩은이야가디록망극ㅎ다 ……〈중략〉…… 이술가져다가ᄉ호예고로ᄂᆞ화억만창싱을다취케밍근후의그제야고텨만나쏘훈잔ᄒᆞ잣고야……

〈관동별곡〉은 관동팔경의 뛰어남을 세밀히 묘사한 서정적 장가라고 할 수 있다. 그러나 첫 부분에 '성은(聖恩)'을 언급함으로써 중세적 질서 안의 조직인으로서 송강이 지니고 있던 한계성을 노정시키고 있다. 그러나 무조건적이고 일방적인 충성의 표현만은 아니다. 뒷부분에서 '억만창생'에 대한 사랑을 언급함으로써 기득권층에 속해 있었으면서도 이상적 질서를 지향한 그의 의식은 분명히 드러났다고 볼 수 있다. 이와 같이 그의 노래들 가운데는 보편정서를 표방하면서도 실질적으로 강한 현실 지향의 의지를 담고 있는 작품들이 꽤 있다. 이것은 늘상 현실 참여를 갈망해 온 그의 생각이나 행적이 문학에 반영된 결과라고 할 수 있을 것이다.

(나) 탈현실 1 : 풍류취락(風流醉樂)
  ① 재너머成셩勸권農롱집의술닉닷말어졔듯고누은쇼발로

박차언치노하지즐투고아히야네勸권農롱겨시냐鄭뎡座좌
首슈왓다ᄒ여라
　　　一『송강가사』下〈短歌〉

② 對花漫吟 (꽃을 대하여 부질없이 읊음)

　　花殘紅芍藥
　　人老鄭敦寧
　　對花兼對酒
　　宜醉不宜醒

　　꽃이 이울었소 이 홍작약이
　　사람도 늙었고 이 정돈녕이
　　꽃을 대하고 또 술을 대했으니
　　취해야지 깨서는 아니되리
　　　一『松江續集』권1

　　누구나 불만족스런 현실로부터 억압을 받을 경우 현실 속에서
의 탈출을 감행한다. 그 경우 풍류나 취락이 가장 보편적인 방법
이다. 송강은 술을 좋아하였고 술에 얽힌 일화를 많이 남긴 사람
이며 심지어 스스로 계주문(戒酒文)까지 쓴 사람이다. 이 노래들
에는 고담한 문어체의 표현 대신 의외의 구어체적 파격을 가미
한 상황 설명과 화법 자체를 채용함으로써 기존의 격식이 얼마
간 파괴되어 있다. 그 결과 전아(典雅)한 격조에서 올 수 있는 긴
장은 어느 정도 즐겁게 풀려 있는 셈이다. 우리는 시인이 이 노래
들을 통하여 억압 받는 현실의 괴로움에서 성공적으로 탈피하고

있음을 발견할 수 있다.

(다) 탈현실 2 : 자연에의 귀의
① 새원원쥐되여되롱삿갓메오이고細셰雨우斜샤風풍의一
일竿간竹듁빗기드러紅홍蓼뇨花화白빅蘋빈洲쥬渚뎌의
오명가명ᄒ노라
ㅡ『송강가사』下〈短歌〉

② 釣臺雙松 (낚시터의 두 소나무)

日哦二松下
潭底見游鱗
終夕不登釣
忘機惟主人

날마다 두 소나무 아래서 시를 읊으며
연못 속에 노는 물고기를 바라보네
하루종일 낚시에 걸리지 않아도
기심을 잊은 건 주인뿐일세.
ㅡ『松江續集』권1

①에서 '도롱이와 삿갓을 메고 낚싯대를 빗기 들고 홍료화
백빈주로 오락가락하는' 것은 은일 처사의 상투적인 모습이
다. 그러나 대개의 경우 완벽한 자연귀의로 볼 수는 없고, 현
실에의 복귀를 내심 갈망하는 가은자(假隱者)가 대부분이다.
송강 역시 일생 동안 현실과 자연을 오락가락하였다.

현실에서 정치적 이상을 실현하는 것이 그의 포부였던 만큼 송강에게 자연 그 자체는 핍박을 피해 잠시 쉬어 가는 곳 이상의 의미를 지니고 있지 않았다.

②의 주인공도 가은자(假隱者) 혹은 가어옹(假漁翁)의 전형적인 모습이다. 진짜 어옹이라면 '고기를 잡아야겠다'는 기심을 지닌 채 고기를 낚아야 할 것이다. 그러나 그는 잠시 현실을 피해 자연으로 왔을 뿐, 고기 그 자체는 안중에 없음을 강조하고 있다. 말하자면 송강은 현실에의 복귀를 기약하면서 잠시 자연에 귀의한 가은자였던 것이다.

이외에 장가인 〈성산별곡〉도 표면적으로는 이것들과 약간 다르나 김성원(金成遠)이라는 개인과 그를 둘러싸고 있는 규격화된 소재로서의 '강호(江湖)'를 대상으로 노래하고 있다는 점에서 그 기조는 유사하다. 다시 말하여 표층은 감성적인 성향을 보여주고 있으되 내용은 이성 중심인 점이 마찬가지라는 것이다. 더구나 그 강호가 당대의 기회주의적 사대부들이 상용하던 도피처로서 현실과 대비되는 관념적 자연이었음을 감안한다면 그 한계성 역시 분명히 드러나리라고 본다.

3. 마무리

이상에서 살펴 본 것처럼 송강은 복잡다단한 삶을 살았고, 그것이 그대로 문학에 투영되어 있음을 발견할 수 있다. 복잡다단한 삶을 지속했다는 것은 현실에 대한 그의 집착이 대단하였음을 입증한다. 당쟁에 휘말려 말할 수 없는 고초를 겪으면서도 쉽게 좌절하지 않을 만큼 현실에서 이상적인 정치를 펼쳐 보는 것이 그의 포부였다.

그는 한문학과 국문학 모두에 달통해 있었다. 특히 세련된 일상어로 창작된 국문노래들은 국문학사상 유례 없는 수작들이며, 그것들은 우리말이 지닌 문학어로서의 가능성을 입증하는 계기가 되었다. 그의 작품세계는 현실지향과 탈현실로 나눌 수 있고, 전자는 임금에 대한 사모의 정과 현실정치에 대한 집착으로, 후자는 풍류취락과 자연귀의로 각각 구체화되어 나타났다. 그렇지만 어디까지나 후자는 전자에 비하여 부차적인 사항일 뿐이다. 탈현실의 욕구가 강하게 표면화 될수록 내면적으로는 현실지향의 욕구가 보다 심화되는 사실을 송강의 작품에서 느낄 수 있다. 이처럼 송강이 겪은 현실과 그의 문학에 나타나는 내용들이 상호 조응하는 점을 감안할 때 그의 문학을 '삶의 문학' 이라 칭해도 상관없을 듯하다.

— 조규익(숭실대 교수)

연 보

- 1536년(중종 31년) 윤 12월 6일 서울 장의동에서 태어나다.
- 1545년 10세 둘째 매부 계림군이 을사사화에 얽혀 죽고, 아버지도 잡혀 들어갔다가 겨우 죽음만 면하였다.
- 1546년 11세 아버지가 정평으로 유배되었다.
- 1551년 16세 아버지가 석방되자, 아버지를 따라 고향으로 돌아와서 하서(河西) 김인후(金麟厚)의 문하에서 글을 배웠다.
- 1552년 17세 문화 유씨 강항(强項)의 딸에게 장가들었다.
- 1556년 21세 율곡 이이를 만나 평생 벗으로 사귀었다.
- 1561년 26세 진사시험에 일등으로 합격하였다.
- 1562년 27세 문과 별시에 장원급제하여, 성균관 전적(정6품)에 제수되었다. 명종이 방목에서 정철의 이름을 보고 반가워하였다. 이어 사헌부 지평(정5품)으로 올랐다. 형조좌랑·예조좌랑(정6품)으로 돌아다녔다.
- 1564년 29세 병조좌랑·공조좌랑을 거쳐서, 공조정랑·예조정랑(정5품)에 올랐다.
- 1565년 30세 경기도사(종5품)가 되어 나갔다.
- 1566년 31세 성균관 직강(정5품)과 지평을 거쳐 9월에 함경도 암행어사로 나갔다. 10월에 홍문관 부수찬(종6품)이 되었다.
- 1567년 32세 수찬(정6품)에 제수되고, 율곡과 함께 독서당(讀書堂)에 뽑혀 글을 읽었다.
- 1568년 33세 이조좌랑에 제수되었다. 6월에 원접사 박순의 종사관이 되었다.
- 1569년 34세 홍문관 교리(정5품)가 되었다가, 지평으로 옮겼다.

- 1570년 35세 부친상을 당하고 고양 신원(新院)에서 시묘살이를 하였다.
- 1572년 37세 복을 벗고, 사간원 헌납(정5품) · 의정부 사인(정4품) · 사간원사간(종3품) · 예빈시정(정3품)에 차례로 올랐다.
- 1573년 38세 사헌부 집의(종3품) · 군기시 정으로 옮겼다가 모친상을 당하여 시묘살이를 하였다.
- 1575년 40세 6월에 복을 벗고 내자시 정을 거쳐, 홍문관 직제학(정3품) · 사간원 사간을 거쳤다.
- 1576년 41세 홍문관 부응교(종4품) · 사헌부 집의 · 홍문관 응교(정4품)를 거쳤다.
- 1577년 42세 직제학에 제수되어, 교서관 판교(정3품)를 겸임하였다.
- 1578년 43세 통정대부 승정원 동부승지(정3품)겸 경연(經筵) 참찬관으로 승진하였다. 11월에 사간원 대사간(정3품)에 제수되었지만, 탄핵을 받고 갈렸다. 진도군수 이수가 이조정랑 윤현과 그의 숙부인 윤두수 · 윤근수에게 뇌물로 쌀을 보낸 것이 들통나서 파직되었었는데, 나중에 선조가 윤씨 세 사람에게 다시 벼슬을 주라고 명하였다. 이때 사간원에서는 이수의 신문이 아직 끝나지 않았는데 뇌물 받은 자를 복직시키면 일의 모양이 좋지 않다고 반대하였다.

  그러던 중에 정철 혼자서 이수가 억울하게 옥에 갇혔다고 편들다가 사간원 간관들에게 탄핵 당한 것이다. 12월에 성균관 대사성(정3품)에 제수되었다.
- 1579년 44세 5월에 형조참의(정3품)가 되었다.
- 1580년 45세 강원도 관찰사(종2품)에 제수되었다.
- 1581년 46세 병조참지 벼슬을 받고 돌아와, 성균관 대사성으로 옮겼다. 6월에 정승 노수신의 사면을 윤허하지 않는 비답(批答)을 지었다가, 사헌부로부터 탄핵당하였다. 12월에 특명으로 전라도 관찰사에 제수되었다.
- 1582년 47세 예조참판을 거쳐 함경도 관찰사에 제수되었다.
- 1583년 48세 예조판서(정2품)에 승진되었다가 탄핵을 입었다. 다시 형조판서에 제수되었다.

- 1584년 49세 사헌부 대사헌(종2품)에 제수되었다. 특명을 받아 숭정대부 의정부 우참찬(정2품)으로 승진하였다.
- 1585년 50세 판돈령부사(종1품)로 승진하였다. 사헌부와 사간원에서 심의겸을 탄핵하다가 서인의 중심인물인 박순·정철·이이까지 탄핵하자 창평으로 돌아갔다.
- 1589년 54세 정여립의 모반사건이 사전에 발각되어 조정으로 돌아오고, 우의정(정1품)으로 승진되어 역적사건을 신문하는 위관(委官)으로 활동하였다.
- 1590년 55세 좌의정으로 승진하였다.
- 1591년 56세 2월에 선조를 만나서 광해군을 세자로 책봉하자고 청하였는데, 선조를 신성군에게 뜻이 있어서 대답하지 않았다. 물러나 사직서를 세 차례나 올리자, 임금이 체임을 허락하였다. 6월에 명천으로 정배되었다가 다시 진주로 옮겨졌으며, 강계로 옮겨졌다.
- 1592년 57세 4월에 임진왜란이 일어나자 5월에 석방되었다. 곧 행재소로 선조를 찾아갔다. 호남 체찰사(體察使)가 되었다.
- 1593년 58세 사은사(謝恩使)로 명나라 서울에 다녀왔다. 12월 강화도에서 세상을 떠났다.
- 1594년 2월 고양 신원(新院)에 장사지냈다. 현종 임금 때에(1665) 진천 관동으로 옮겼다.

原詩題目 찾아보기

130

옮긴이 **허경진**은 연세대학교 국어국문학과를 졸업하고,
동 대학원에서 문학박사 학위를 받았다. 목원대학교 국어교육과 교수와
열상고전연구회 회장을 거쳐, 연세대학교 국문과 교수를 역임했다.
『한국의 한시』 총서 외 주요저서로는 『조선위항문학사』, 『허균』,
『허균 시 연구』, 『대전지역 누정문학연구』, 『한국의 읍성』 등이 있고,
옮긴 책으로는 『연암 박지원 소설집』, 『매천야록』,
『서유견문』, 『삼국유사』, 『택리지』, 『한국역대한시시화』,
『허균의 시화』 등 다수가 있다.

韓國의 漢詩 25

松江 鄭澈 詩選

초   판 1쇄 발행   1993년 8월 25일
초   판 3쇄 발행   2007년 4월 25일
  2판   1쇄 발행   2020년 7월 15일

옮 긴 이   허경진
펴 낸 이   이정옥
펴 낸 곳   평민사

주   소   서울시 은평구 수색동 317-9 동일빌딩 2층 202호
전   화   375-8571(대표) / 팩스 · 375-8573
              http://blog.naver.com/pyung1976
              e-mail : pyung1976@naver.com

              ISBN 978-89-7115-724-4 04810
              ISBN 978-89-7115-476-2   (set)

등록번호   제25100-2015-000102호

  값   12,000원